LA NOCHE

ANDRÉS GUERRERO

ALFAGUARA

© Del texto: 2001, Andrés Guerrero Sánchez
© De las ilustraciones: 2001, Andrés Guerrero Sánchez
Infografía: Rosario Castro
© De esta edición:
2003, Santillana USA Publishing Company, Inc.
2105 NW 86th Avenue, Miami, FL 33122
305-591-9522

2001, Santillana Ediciones Generales, S. L.
Torrelaguna, 60. 28043 Madrid, España

ISBN: 84-204-4321-2
Impreso en Colombia por Panamericana Formas e Impresos S.A.

Alfaguara es un sello editorial del Grupo Santillana.
Éstas son sus sedes:
Argentina, Bolivia, Chile, Colombia, Costa Rica,
Ecuador, El Salvador, España, Estados Unidos,
Guatemala, México, Panamá, Paraguay, Perú,
Puerto Rico, República Dominicana,
Uruguay y Venezuela

Diseño de la colección:
José Crespo, Rosa Marín, Jesús Sanz

Editora:
Marta Higueras Díez

La Noche

ANDRÉS GUERRERO

ALFAGUARA

LA NOCHE ES OSCURA Y NEGRA.
A VECES NOS DA MIEDO.

PERO LA NOCHE TIENE
MUCHAS COSAS BONITAS...

PRIMERO LLEGA
LA LUNA.
ALGUNAS NOCHES ES
DELGADA Y GRACIOSA.
COMO UNA BAILARINA.

OTRAS NOCHES
ES GORDITA Y GRANDE.

¡REDONDA!

COMO SI HUBIERA
CENADO MUCHO.

(Luna, lunera, cascabelera,
debajo de la cama
tienes la cena.)

DESPUÉS LLEGAN
LAS ESTRELLAS,
PEQUEÑAS, TRAVIESAS
Y BRILLANTES.

CUANDO
JUEGAN AL
CORRO CON LA LUNA
EL CIELO SE
LLENA DE
COLORES.

LOS FUEGOS ARTIFICIALES SE HACEN POR LA NOCHE.

Y DE NOCHE
SALEN LOS GATOS
DE PASEO.

(Érase una vez un gato
con las orejas de trapo
y el hocico de papel...
¿quieres que te lo cuente
otra vez...?)

ES DIVERTIDO
DORMIR EN EL
CAMPO...

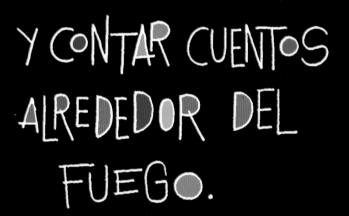

Y CONTAR CUENTOS
ALREDEDOR DEL
FUEGO.

TAMBIÉN ES
DIVERTIDO JUGAR
A LAS SOMBRAS.

POR LA NOCHE
VIENE
PAPÁ NOEL...

Y LOS
REYES MAGOS.

Y EL RATONCITO PÉREZ...

(Era un ratoncito, chiquito, chiquito...
que asomaba el morro por un
agujerito...)

QUE SE LLEVA
EL PRIMER
DIENTE...

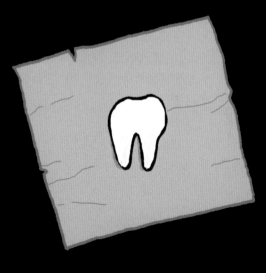

MAMÁ NOS CUENTA CUENTOS PARA DORMIR.

(Érase una vez...
un lobito bueno)

Y SOMOS FELICES.

Este libro fue impreso en Colombia
por Panamericana Formas e Impresos S.A.